EL PARTIDO DE FÚTBOL
THE SOCCER MATCH

Adaptado por María Domínguez
y
Juan Pablo Lombana

SCHOLASTIC INC.

ISBN 978-0-545-70691-9

10 9 8 7 6   15 16 17 18 19/0

Designed by Angela Jun

Printed in the U.S.A.   40

First printing, August 2014

-Niños, ¡les tengo una gran sorpresa! -dijo el profesor Jirafales.

-¿Una torta de jamón? -preguntó el Chavo.

-No, Chavo. Hemos sido invitados al torneo escolar de fútbol -contestó el profesor.

"Kids, I have a great surprise!" said Professor Jirafales.

"A ham sandwich?" asked Chavo.

"No, Chavo, we have been invited to play in a soccer tournament!" the professor answered.

-¡Necesito voluntarios para el equipo! –dijo el profesor Jirafales–. A ver, tú, tú, tú y tú.
-¿Yo? –dijo el Chavo.

"I need volunteers for the team!" said Professor Jirafales. "Let's see, you, you, you, and you!"
"Me?" asked Chavo.

—Sí, Chavo. ¡Ganar este trofeo será pan comido! —dijo el profesor Jirafales.
—En lugar de pan —dijo el Chavo—, ¿podrían ser tortas de jamón?

"Yes, Chavo. Winning the trophy will be a piece of cake!" said Professor Jirafales.
"Instead of cake," said Chavo, "could we get ham sandwiches?"

Más tarde, el Chavo se tropezó al patear el balón.
–¡Fíjate por donde caminas! –dijo don Ramón–. ¡Casi te rompes el pie!

Later, Chavo tripped as he practiced kicking the ball.
"You should look where you're going," said Don Ramón. "You could've broken your foot!"

Don Ramón le quitó el balón al Chavo y lo hizo rebotar en la rodilla.

–¡Don Ramón, usted sí sabe! –dijo el Chavo.

–Claro, Chavo. ¡Fui estrella del Necaxa cuando era más joven! –añadió don Ramón.

Don Ramón took the ball from Chavo. He bounced it on his knee.

"You're good, Don Ramón!" said Chavo.

"Of course, Chavo. I was the star of Necaxa when I was younger!" added Don Ramón.

-Yo también voy a ser estrella de fútbol –dijo el Chavo.

-¿Cómo? ¡Pero si ni entrenador tienes! –dijo don Ramón.

-Entonces, mi equipo no va a ganar. Pi, pi, pi, pi, pi, pi... –lloró el Chavo.

"I'm going to be a soccer star, too," said Chavo.

"How? You don't even have a coach!" said Don Ramón.

"Then my team won't win the trophy for sure. Pi, pi, pi, pi, pi, pi . . ." cried Chavo.

—Me rompes el corazón, Chavo —dijo don Ramón—. ¡Pero te voy a ayudar y seré el entrenador de tu equipo!

"You're breaking my heart, Chavo," said Don Ramón. "But I'll help you and be your team's coach!"

Más tarde, el Sr. Barriga, el dueño de la vecindad, estaba hablando con el profesor Jirafales.

—Con don Ramón como entrenador, lo único que podemos esperar es una goliza... ¡pero del equipo contrario! —dijo el Sr. Barriga.

Later, Mr. Barriga, the landlord, was talking to Professor Jirafales.
"With Don Ramón in charge, we can certainly expect a lot of goals . . . but from the other team!" said Mr. Barriga.

—No sea ave de mal agüero, Sr. Barriga —interrumpió don Ramón—. ¡Le digo que vamos a ganar!

—¿Sí? Pues si pierden el partido, tendrá que irse de la vecindad —dijo el Sr. Barriga.

—¡Ay, mamacita! —dijo don Ramón.

"Are you trying to jinx us, Mr. Barriga?" Don Ramón interrupted. "I say we will win!"

"Really? Well, if you lose the match, you'll have to leave the neighborhood," said Mr. Barriga.

"Oh, dear mama!" cried Don Ramón.

El Chavo, Quico, Ñoño, la Popis y Godínez practicaron durísimo todo el día.
-Chavo, te toca patear -dijo don Ramón.

Chavo, Quico, Ñoño, Popis, and Godínez practiced hard all day.
"Chavo, it's your turn to kick the ball," said Don Ramón.

El Chavo pateó el balón... pero este fue a dar a una ventana. *¡Bing! ¡Bang! ¡Chasc!*

-¡Oye, tú, me las vas a pagar! -le gritó un vecino.

-Chicos, fin del entrenamiento. ¡Todos a sus casas! ¡Corran! -dijo don Ramón.

Chavo kicked the ball . . . straight through a window. *Bing! Bang! Crash!*

"Hey, you're going to pay for this!" screamed a neighbor.

"Kids, the practice is over. Go home! Run!" said Don Ramón.

Llegó el día del torneo y el equipo de la vecindad se puso a calentar.
Al otro lado de la cancha los jugadores del equipo visitante hacían lo mismo.
¡Eran espectaculares!

The day of the match arrived, and the neighborhood team was warming up.
On the other side of the field, the visiting team was practicing, too. And they were amazing!

Una vez que comenzó el partido, Godínez tomó el balón, lo escondió y corrió a toda velocidad mientras le sacaba la lengua al equipo visitante.
–*¡Nooooo!* ¡Así no! –gritó don Ramón–. ¡Me lleva el chanfle!

Once the match started, Godínez picked up the ball. He hid it and ran at full speed while sticking out his tongue at the visiting team.
"*Nooooo!* Not like that!" shouted Don Ramón. "I'm doomed!"

El otro equipo le quitó el balón a Godínez y anotó el primer gol.

The other team took the ball back from Godínez and scored the first goal.

Los de la vecindad trataron de animar a su equipo.

–¡SÍ SE PUEDE, SÍ SE PUEDE, SÍ SE PUEDE! –gritaron desde las gradas.

¡Pero el equipo visitante anotó dos goles más!

The neighbors tried to cheer on their team.

"YES, YOU CAN! YES, YOU CAN! YES, YOU CAN!" they chanted from the stands.

But the visiting team scored two more goals!

Entonces, el equipo visitante metió el cuarto, el quinto, el sexto y el séptimo gol.

 Then the visiting team scored their fourth, fifth, sixth, and seventh goals.

Quico, el portero, tiró los guantes y se fue a las gradas a ver a su mamá.
–Ya, tesoro... *Nomás* te metieron siete goles, pero no es nada –dijo doña Florinda tratando de consolarlo.

Quico, the goalie, took off his gloves and headed to the stands to see his mother.
"It's okay, muffin... They scored seven goals, but it's nothing," Doña Florinda said, trying to comfort him.

–¡A mí nadie me va a meter un gol! –dijo Ñoño dirigiéndose a la portería.
Y así fue. ¡Ñoño paró todos los tiros!

"No one is going to score while I'm here!" Ñoño said as he stepped in as goalkeeper.
And he was right. He blocked all the shots!

–¿Puedo jugar? –le preguntó Paty a don Ramón.

–Sí –contestó don Ramón–. ¡Entra por Godínez, seguro que no eres peor que él!

"Can I play?" Paty asked Don Ramón.

"Yes," answered Don Ramón. "Go in for Godínez, you can't be worse than him!"

Cuando el equipo visitante estaba a punto de anotar otro gol, don Ramón gritó:
–¡Nooooo!
Y se desmayó ahí mismito. Por suerte, doña Clotilde estaba ahí para sujetarlo.

When the opposing team was about to score another goal, Don Ramón cried, *"Nooooo!"*
Then he fainted on the spot. Luckily, Doña Clotilde was there to catch him.

-Pobre don Ramón -le dijo Paty al Chavo-. ¡Ahora tenemos que ganar!
-¡Eso, eso, eso! -dijo el Chavo.

"Poor Don Ramón," Paty said to Chavo. "We have to win now!"
"That's true, that's true, that's true," said Chavo.

Paty dominaba el balón con las rodillas, las piernas, los hombros y la cabeza, pero no con los pies para no ensuciarse sus lindos zapatos.

Paty juggled the ball with her knees, legs, shoulders, and head. But not with her feet. She didn't want to mess up her pretty shoes.

Paty le pasó el balón al Chavo, que le dio con las pompas por puritita casualidad...
¡y el balón vino a parar en la portería del equipo contrario!

Paty passed the ball to Chavo. He accidentally hit the ball with his butt . . . and the ball flew right into
the other team's goal!

Luego, el Chavo metió dos goles más sin querer queriendo. ¡Uno de ellos con la cara!

Later, Chavo accidentally scored two more goals. One was with his face!

El equipo de la vecindad se animó y anotó cuatro goles más.
¡Ahora el partido estaba empatado!

The neighborhood's team was on a roll! They scored four more goals.
Now the match was even!

27

Faltando un minuto de juego, trajeron un nuevo balón a la cancha.

–¡Una paleta de caramelo! –dijo Ñoño lanzándose a atrapar el balón. Estaba tan emocionado que le cayó encima con todo su peso. El balón salió disparado hasta el arco contrario, pero no entró.

With one minute left, a new ball was brought to the field.

"Oh, wow, a huge lollipop!" said Ñoño as he charged after the ball. He was so excited that he knocked into it with all his strength. The ball rolled right in front of the goal—but it didn't go in.

¡Solo quedaban unos segundos para que terminara el par
Corrió hasta el arco, pero se tropezó. Salió volando y cayó
tocarlo. ¿Se acabaría el partido?
En ese momento, el zapato del Chavo se le salió del pie, golpeó el b
Chavo había hecho que su equipo ganara el partido!

There were only a few second left in the game, and this was Chavo's chance! He ran toward the g
tripped on the way. He flew through the air and landed right next to the ball . . . without touching
the team run out of time?
Just then Chavo's shoe fell off and knocked the ball into the goal. Chavo had won the game for his tea

-¿Es una pesadilla? ¿El Sr. Barriga me corrió de la vecindad? -preguntó don Ramón al despertarse y ver a doña Clotilde.

-¡Mire, don Ramón, el trofeo! -dijo el Chavo.

-¿Ganamos y no lo vi? -gritó don Ramón.

"Is this a nightmare? Did Mr. Barriga really kick me out of the neighborhood?" asked Don Ramón when he woke up and saw Doña Clotilde.

"Look, Don Ramón, the trophy!" said Chavo.

"We won, and I missed it?" cried Don Ramón.

-Usted se desmayó, pero yo lo desperté, mi Bello Durmiente –le susurró doña Clotilde a don Ramón–. Creo que merezco un gran beso...

-¡Ay, no! –gritó don Ramón–. ¡Me voy a volver a desmayar!

"You fainted, but I woke you up, my Sleeping Beauty!" whispered Doña Clotilde. "I think I deserve a great big kiss..."

"Oh, no!" cried Don Ramón. "I'm going to faint again!"